GATO CONEJO

ES SOLITARIO. ESCARBA UN CACTUS Y LO CONVIERTE EN SU GUARIDA. ES VEGETARIANO. COMIDA FAVORITA: FRUTO DE MANDÍBUNUS.

CACTUS HONGO

DA FRUTOS EN FORMA DE HONGO. EL TÉ DE ESTE FRUTO ES MUY AMARGO, PERO SE CREE QUE ES BUENO CONTRA TODAS LAS ENFERMEDADES.

DON DEMONIO

SUS ALAS SON PEQUEÑAS, PERO COMO SU CUERPO ES LIGERO (100 G), PUEDE VOLAR. COMIDA FAVORITA: CACTUS, ROLLO DE PESCADO.

CACTUS TRAGABICHOS

AL CRECER SE CONVIERTE EN UNA PLANTA CARNÍVORA. EN LA PUNTA DE SUS HOJAS TIENE UNA ESPECIE DE LENGUA PARA ATRAPAR INSECTOS.

PESCADO PÁJARO

CONFORME CRECE, ESTE PESCADO CAMBIA Y SE CONVIERTE EN DON DEMONIO: PESCADO PÁJARO-DON DEMONIO.

CACTUS CARAMELO

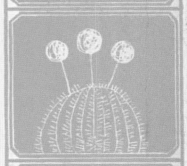

CADA DÍA PRODUCE UNA BOLITA DE CARAMELO DULCE Y SABROSO. ES UN EXCELENTE TENTEMPIÉ PARA LOS NIÑOS.

Kitami, Yoko
    Cactus / Yoko Kitami ; trad. de Miwa
Pierre-Audain. – México : FCE, 2005
    36 p. : ilus. ; 27 x 22 cm – (Colec. Los Especiales
de A la orilla del viento)
    Título original Saboten
    ISBN 968-16-7386-7

    1. Literatura infantil I. Pierre-Audain, Miwa,
tr. II. Ser III. t

LC PZ7   Dewey 808.068 K213c

Primera edición en japonés: 2002
Primera edición en español: 2005

Título original: *Saboten*
Traducción del japonés: Miwa Pierre-Audain

D.R. © 2005, Fondo de Cultura Económica
Carr. Picacho Ajusco 227,
Col. Bosques del Pedregal,
14200, México, D.F.

Editora: Miriam Martínez
Coordinación editorial: Marisol Ruiz Monter
y Obsidiana Granados Herrera

www.fondodeculturaeconomica.com

ISBN 968-16-7386-7

Impreso en México / *Printed in Mexico*

Tiraje: 5 000 ejemplares

Cactus de Yoko Kitami,
se terminó de imprimir en los talleres de Impresora y
Encuadernadora Progreso, S.A. de C.V. (IEPSA),
Calzada San Lorenzo núm. 244; 09830, México, D. F.,
durante el mes de marzo de 2005.

LOS ESPECIALES DE
A la orilla del viento
FONDO DE CULTURA ECONÓMICA
MÉXICO

CACTUS

—Así que regresaste, Somalico.

—Regresé porque los cactus
me gustaron mucho.
—Si prometes cuidarlo bien,
te regalo uno.
—¿De verdad?

—¡Oigan, miren todos! ¡Me regalaron un cactus!
Lo llamaré... Cactusito. Sí, Cactusito.
Y entre todos lo cuidaremos muy bien.

Anda, tienes
que beber
mucha agua.

Y también necesitas
las vitaminas
del fertilizante.

¿Ya habrás crecido?
Veamos cuánto mides.

¿Y habrás subido de peso?

La aguja se está moviendo.

Oye, ¿no te aburre
estar siempre quieto?
¡Ya sé!
Te leeré un cuento.

Ya te crecieron las espinas,
¿no crees?
Te las voy a emparejar.

También te llenaste
de polvo, ¿verdad?
Te voy a bañar.

Y para que
no te resfríes,
te abrigaré.
¿Está bien?

Ahora que estás tan
guapo, vamos a dar
un paseo. Es aburrido
quedarse en casa.

Taca, taca, taca...

¡Qué bonito día!

¡Buenas tardes!
"Se ve sabroso."

¡Ah, mira! Ahí hay alguien.

¡No!

¡A comer!

¡Noooo!

Tiqui, tiqui, tiqui...

¡Uuuy!, tan rico que se veía.

¡Ay, qué susto
nos llevamos hoy!
Pero nos divertimos.
¿No crees Cactusito?

Cactusito, vamos
a dormirnos.

—Señor Somalico,
señor Somalico…

Muchas gracias por todos
sus cuidados.
Me hubiera gustado
quedarme más tiempo,
pero debo hacer
un largo viaje.

¡Cactusito, regresa
por favor...!
¡Cactusitooo!

¿Cactusito?
¿Eh?
¿Habrá sido un sueño?

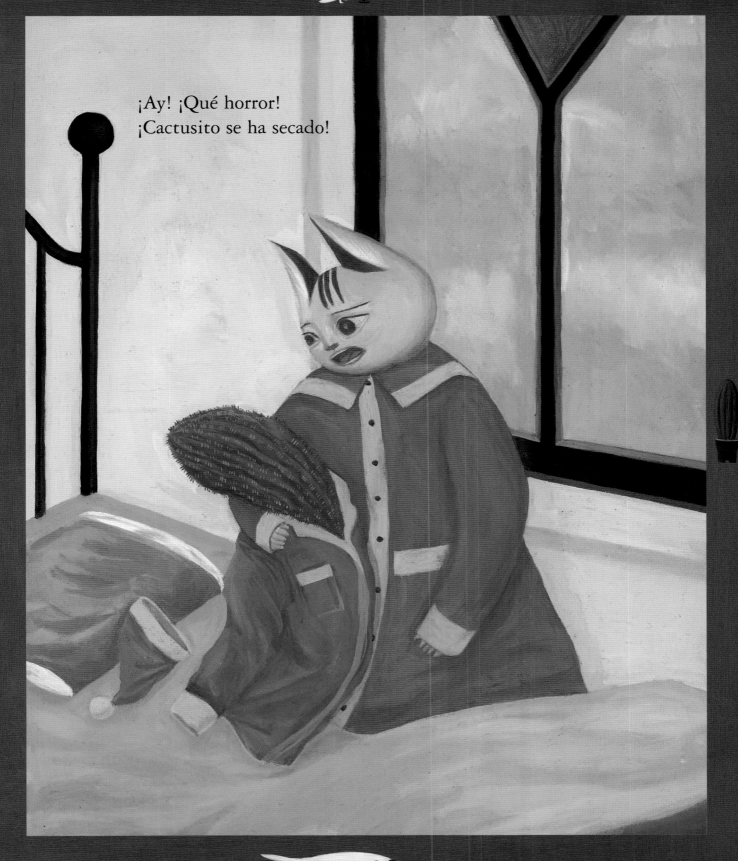

¡Ay! ¡Qué horror!
¡Cactusito se ha secado!

—¡Señora!, ¡por favor, salve a Cactusito!

—Somalico, las espinas son su ropa,
por eso no se las debes cortar,
ni tienes que vestirlo.
No es necesario que lo lleves
de paseo ni que lo bañes. Sólo déjalo
en un lugar donde le dé sol.

Con un poco de agua y algo
de fertilizante volverá a estar sano.
Los cactus son muy fuertes.

¡Recupérate pronto,
querido Cactusito!
¡Y discúlpame por todo
lo que te hice!

Pájaro Monedadorada

Es el más pequeño de la familia de los pájaros, mide 1 cm. Se alimenta de los animalitos que están en el pelo de Don Demonio y habita en él.

Cactus Globo

Cuando florece, lanza una especie de pelotitas en forma de globo que contienen semillas. Éstas pueden llegar a elevarse 10 200 km.

Gato Bailarín

Gato cuya casa es una especie de concha de caracol. A diferencia de éste, cuando llueve se mete en su concha.

Mini Oso Manoslargas

Como hiberna, durante las estaciones cálidas recolecta sus alimentos (frutos de árboles) en una canasta que lleva en la espalda.

Ratón Abeja

Ratón que se alimenta de la miel de las flores. Con sus alas vuela de flor en flor.

Mandíbunus

Da frutos muy sabrosos pero muy duros. Si se mastican, pueden dislocar la mandíbula. ¡Cuidado!